아화

아화

2024년 6월 18일 초판 1쇄 인쇄
2024년 6월 27일 초판 1쇄 발행

지은이 | 윤경희
펴낸이 | 孫貞順

펴낸곳 | 도서출판 작가
　　　　(03756) 서울 서대문구 북아현로6길 50
　　　　전화 | 02)365-8111~2　팩스 | 02)365-8110
　　　　이메일 | cultura@cultura.co.kr
　　　　홈페이지 | www.cultura.co.kr
　　　　등록번호 | 제13-630호(2000. 2. 9.)

편집 | 손희 김치성 설재원
디자인 | 오경은 박근영
영업 | 박영민
관리 | 이용승

ISBN 979-11-90566-88-9 (03810)

값 12,000원

작가기획시선

아화

윤경희 시조집

작가

다섯 번째 시조집 『아화』는 발표작, 미발표작 반반인 단시조집으로 묶었다.

보이는 게 너무 많아 말이라도 줄이기로 했다.

2024년 5월

윤경희

차 례

제2부

제3부

제4부

해설

제1부

지독한 변명

자른 뿔이 솟네 자르지 말걸 후회하며

굳이 자르지 않아도 썩어 문드러질 일

까칠한 혓바닥의 돌기 솟았다가 가라앉았다가

달무리

한참을 부끄러워 구름 뒤에 숨어 있네

풋사과 같은 어둠이 목덜미를 지날 때

넌지시
내 손을 잡던
첫사랑의 그 사내아이

우회

직진으로 가던 길 둘러서 가라하네

말하지 않아도 눈에 보이는 지표

가끔은
길도 멈칫하네
부르튼 발가락을 위해

발소리

뒤축이 다 닳을 동안 아무 것도 몰랐네

한 남자의 생애가 기울고 있었음을

더 이상 들을 수 없었네, 아버지의 발소리

소한小寒

머리카락 풀어헤친 밤의 영혼들이

날 세운 칼바람과 역모를 꾸미는지

맨발로 작두를 타며 서서히 접신 중이다

붉은 입

누군가 겨냥한 총에 까마귀가 죽었다

시끄럽고 거슬리고 눈엣가시였을 소리

지상의 한쪽 모퉁이, 붉은 입이 지워졌다

쌍가시선인장

누군들 이 한세상 흔들림 없이 살까

단단한 가시를 안고 아픔도 견뎌내는

화려한 꽃을 피우려

절대로 굴하지 않는,

잊힌 구두

주인 잃은 구두가 신발장에 놓였다
구겨지고 터지고 신을 수도 없는데

다 낡고
닳아도 좋다
당신만 내게 오신다면

은빛멸치잡이 배

눈이 부셔 눈이 먼 은빛 비단 휘감은

물결이 꽹과리 치며 바다를 들어올린다

불룩한 배를 들이밀며 뒤뚱뒤뚱 걸어온다

번민

허기진 내 잠은 태풍의 눈 가장자리

어디로 갈지 모르는 돛대도 없는 배

망망한 바다에 갇혀
소용돌이 속에 갇혀

잔인한 책

과식한 책꽂이는 살찐 배를 내밀고

나는 또 야금야금 나무를 갉아먹네

잔인한 벌레가 되어 지구 모서리 갉아먹네

징검돌

사람과 사람 사이 흐르는 냇물 같아서

서로 붙잡아주며
잠시 기다려주는

한세상 흔들리지 않게 징검다리 되어주네

아화역*

글썽이던 걸음은 이내 역에 닿았다

연분홍빛 엄마는 기차를 따라가고

십리 길
별똥별 속에
나는 홀로 남겨져

*100여 년 운행, 2008년 폐역, 2021년 신아화역 운영 재개

베이다

칼날에 손 베는 것보다 더욱 아픈 일은

느닷없이 사람에게 마음 베이는 일이지

한순간
아픔이 아닌

뼛속 깊이 박힌 흉터

붉은 잠자리

이 또한 내게 주어진 작은 고행입니다

수천 번 돌고 돌아온 저 이승의 모서리

숨죽인 가을의 깊이를 온몸으로 떠받듭니다

십이월 그믐

그 누가 보냈을까 예견이라도 한 듯

바람처럼 숨어든 노련한 자객의 단검

결박된 어둔 하늘을 획 베고 가네, 낭자하게

매미

단 한 번 사랑을 위해 기꺼이 내놓은 목숨

저 뜨거운 영겁의 시간 온몸을 불사르네

눈물은 허공까지 뚫어 천지가 흔들리는 밤

반반

망설인 전화소리 눈은 잠시 혼선이다

생각이 뒷걸음치는 짧은 순간의 기로

관계는
늘 어정쩡하다
눈감아 버릴 수 없는

쇠똥구리

막노동판 사내는 오늘도 다짐하네

아이들 삼시 세끼 밥은 안 굶겨야지

등에는 부푼 꿈 한 짐 가파른 난간을 오르고

공그르기

조각난 마음과 마음 서로 접고 맞대면

바늘귀 넘나드는 울퉁불퉁 지난 시간

세상 밖
비명횡사한
상처들을 깁는다

제2부

설핏

귀잠을 청한 지가 참으로 가마득하다

병아리 눈물만큼 찾아온 찰나의 혼절

심 봉사 두 눈 번쩍 뜨이듯 초저녁 수잠 한술

부석사 은행나무

차마 밟지 못했다, 한 생의 영혼들을

묵묵히 내려놓은 눈부신 너의 일대기

내 감히
쳐다볼 수 없어 선 채로 온몸을 적신다

물의 배후

원망할 시간도 슬퍼할 겨를도 없었지

사라진 길 위에는 낯선 물의 발자국

찢겨진
지상에 남아
홀로 비설거지하는

우수와 춘분 사이

붕어빵을 굽고 있던 여자가 사라졌다

겨우내 온기 그득한 리어카도 사라졌다

그 길목, 붕어빵 같은 목련이 부풀고 있었다

우도 가는 길

날 꼬드긴 뱃고동은 직진으로 달렸다

어릿광대 봄빛 뱃머리에 앉혀두고

단 한번 우회도 없이 각진 세상 빠져나갔다

빗소리

들을 수 있어 좋다 함께 하지 못해도

무작정 기다려서 느낄 수만 있다면

걸어서
물새처럼 걸어서

그대에게
젖는다면

아화 3

－ 꿈

손 내밀면 산나리꽃 두런두런 피는데

황소 등에 앉은 저녁 슬렁슬렁 지는데

막차를 타고 온 어둠살 허둥지둥 가는데

거짓말의 향기

시험을 망칠 때면 단팥죽을 사먹었지
손바닥엔 거짓말한 얼굴 붉은 동전

유년의
그 달콤한 유혹
지워지지 않는 향기

쓴소리

슬그머니 풀렸다 물고 있던 핀 하나

혀를 마비시킬 듯 숨겨진 이파리들

스러진 꽃대를 세우며
내뱉은 말, 말 참 달다

드라이플라워

사랑은 그런 거다 눈물이 마를 때까지

네 발소리 들으며 너를 기다리는 거다

빛바랜 시간 위에 누워 그리움을 삭이는 거다

이사

귀신도 사람도 은밀하게 차단한 채

좋은 날 골라잡아 꽁꽁 싸매고 간다

집 한 채
미끄러지듯 간다
바람처럼 도둑처럼

구천동 가을은

흐르는 물소리만큼 그 물소리만큼 깊은

너럭바위에 드러누운 속수무책의 가을은

선홍빛 단풍물이 콸콸, 큰물 지듯이 콸콸

폐업

만나고 헤어짐이 세상사 이치라지만

열정도 노력도 때로는 어처구니없어

사는 것 잠시 불길이다가 한순간 식어버리네

야로冶爐 *

바람을 일으키네 뿌리 뽑힌 철의 영혼

영원한 정복은 없어 덧없음만 있을 뿐

부식된 가야의 눈물 너른 들녘에 흩날리네

* 경남 합천지역의 옛 지명

무심사

세속에 던져놓은 말라버린 눈물처럼

변방에 긴 머리 푼 노숙의 구름처럼

한여름
이승과 저승 사이

덩그렁 적막 한 채

주객전도主客顚倒

무일푼 거미 한 마리 오수午睡에 빠져있네

거실 한쪽 배짱 좋게 큰 대자로 누워서

구멍 난 세상의 시름 한 올 한 올 짜깁기하네

입

동굴의 문이 열리자 쏟아지는 오물들

그 어떤 자물쇠도 채울 수 없는 재단

누군가 물렁한 틈새 재물이 되어 누웠네

잠든 사이

사랑을 믿지 못하는 나이가 되었다

사람을 믿지 못하는 나이가 되었다

세상 밖 떠돌던 가슴에 녹이 가득 슬었다

죽방멸치

뼈대 있는 가문의 내력들을 펼쳤다

새까만 눈빛과 도도한 카리스마

남해를 통째로 몰고 온 재력가를 탐닉한다

그믐밤

마침내 달이 죽었다, 소나무 가지 끝에

황홀하게 목을 맨 덩그런 달이 죽었다

죽어서 환히 보이는

지상의 찬란한 암흑

제3부

멸종위기

한 달간 마늘 먹고 곰은 사람 되었다지

곰들은 넘쳐나는데
사람은 사라져가네

곰으로 다시 돌아갈거나, 사람노릇 못할 바엔

쌍계사 홍매화

하필이면
그것도, 법당 앞에 버젓이

그냥 핀 것도 아니고 휘청휘청 만개하여

도톰한 입술 내밀며 스님 무릎 위에 툭,

아화*

꽃이 핀 듯 아니 핀 듯 당신 얼굴 같은

봄이 온 듯 아니 온 듯 당신 기척 같은

오늘도 엊그제 같네, 꽃비 내리는 붉은 언덕

*阿火-경주시 서면

와온 낙조

아직 널 보내기엔 내 가슴이 너무 붉어, 너무 붉어서 차마 지울 수 없는 단애斷崖

검붉은 네 치맛자락 지평선을 휘감는

억새

무작정
흔들린다고
마음마저 흔들릴까

속이
다 비었다고
생각마저 비었을까

비바람 감언이설에도 결코 꺾이지 않는 너

모란은 지고

그 격렬한 소용돌이 이제 잔잔해졌구나

무심의 시간들은 네 붉은 입술을 훔치고

꿈꾸듯
타버린 열망
민낯으로 서 있네

태풍

그날, 세상은 온통 너의 독무대였지

제방마다 뛰어넘는 아찔한 외줄타기

한바탕 긴 퍼포먼스

그제야 막을 내리고

티눈

그대가 이토록 자리할 줄 몰랐습니다

도려내도 들어차는
가슴 아린 외사랑

내 안에 깊이 똬리 튼 그 완강한 저항의 눈을

까마중

잊고 지냈다
너를

까맣게
잊고 지냈다

그 여름
먹빛 소나기

천둥 속에
피고 지고

너와 나
주고받던 밀어

달콤하게
익어가던

부부

한순간 닥친 시련 여린 등 타들어가도
맞닥뜨린 세상 앞에 발걸음 주춤거려도

꼿꼿이 바지랑대 되어 서로를 받쳐주는

효동산 뻐꾸기

아버지 머리맡에서 뻐꾸기가 운다

아침마다 찾아와 문안인사 드리는

얼굴도 모르는 네가

나보다도 낫구나

두부 한 모

담금질이면 어때
무두질이면 어때

다 끓고
다 쏟으니
세상이 다시 보이네

반듯한 저녁이 오네 따뜻하게 엉기네

영암사지

권세는
너른 들녘
들풀처럼 흩어져

풍장이 되어버린 천년의 숨소리만

늦가을 돌무덤 아래
푸른 이끼로 누웠네

가을 사문진*

늙은 개가 사문진의 저녁을 업고 간다

풍경 한 폭 드리워진 핏빛 강물 위로

먼 길을 달려온 한 생이 자늑자늑 젖어든다

*달성군 화원읍, 최초로 피아노가 유입된 곳

과식하는 날

할 말이 없는 건지 인사치레 건네듯

언제 시간 되면 밥 한 번 먹자한다

수십 번 빈 말이라도 좋다, 안 먹어도 배부른 날

동행

요새를 빠져나온 안도의 한숨도 잠시

밤새 쳐놓은 거미줄에 손등이 걸렸다

등 시린
생의 길목은
혼자가 아니었다

빈자리

한쪽 귀퉁이 뜯어진 제사상을 받아든다

눈앞의 진수성찬도 빈자릴 채우지 못해

눈치가 빠른 촛농이

슬쩍 모서릴 메운다

가을역

플랫폼 들어서면 모두가 단풍빛이다

총총히 사라지는 당신도 단풍빛이다

일곱 칸 그득히 실린 내 사랑도 단풍빛이다

폭설 후

혼탁하던 세상은 흔적 없이 사라졌다

저렇게
티 하나 없이
하나가 될 것을

저렇게
아무렇지 않게
신의 품에 안길 것을

거미

늘그막에 어쩌다 그대와 눈이 맞아

긴 독거 청산하고 신혼살림 차리니

봄날의 동거가 황홀하오, 불장난이라 해도

제4부

밥

창 너머 불구덩이 당신을 보내놓고

아무렇지 않게 목구멍에 밥을 넣네

죽음과 삶의 경계가
고작 밥 한술이었네

예순 계단

철렁,
가슴 한쪽이
와르르 무너지더라

올라갈 날보다는 내려갈 날만 남은

저 혼자 멈춤도 없이 가속이 붙어버린

코스모스

처음부터 원했던 삶은 아니었지

만만찮은 세상 꺾였다 휘어졌다

사는 것
몇 번의 혼절
흔들리고 흔들리는

눈빛

우물 속에 드리운 남과 북의 대립처럼

폭풍을 몰고 올 듯 햇살을 데려올 듯

긴장을 늦추지 마라 저 어둠 속의 페르소나*

*persona-'가면'을 뜻하는 라틴어

사루비아

그 붉은 꽃술에 얹힌 하루해는 길었네

언제나 곁을 내주던 노을 속에 기댄 여름

꽃 지듯 엄마는 지고 꽃 피듯 엄마는 오지 않네

구멍

당신은 늙은 어부 나는 어린 물고기

미끼로 유인하다 그물을 휙 던지네

음흉한 그림자를 찢으며 잔챙이들 웃고 가네

아화 2

물뱀이 스쳐갔다, 흠뻑 젖은 운동화가

잠시 마르는 동안 감나무도 스러졌다

문패도 없는 하늘가 뭇별들은 흩어지고

추락하는 것은 날개가 없다

두고 간 전단지 속엔 머리 잘린 세일천국

보이지 않는 혁명

서로 밟아야 사는

추락의 끝은 어디쯤일까, 푸른 날개가 찢어졌다

백시白視

눈앞에 있었지만 제대로 보지 못했지

보이지 않아서 그 속내 알 수 없었지

몰랐네, 알 수 없는 게 사람 마음인 것을

놋그릇

저 너머의 시간들이 깊은 숨을 쉬네

어머니의 어머니 한평생 애환이 깃든

다독인 세월의 손길 푸른 꽃으로 피어 있네

명함

보란 듯이 건네주는 낯선 명함 한 장

여백을 삼켜버린 터질 듯한 이력들이

슬며시 주머니 속에서 구겨지고 지워지고

달의 문

나는 너의 내면을 도무지 읽지 못한다, 문밖에 있는
시간 못내 까마득하여

그림자 속으로 들어가 빈 허공을 지운다

자목련

예고도 없이 불쑥 찾아온 손님처럼

한 장의 설렘만 두고
너는 갔다, 바람처럼

한동안 견딜 수 없는 내 눈먼 사랑이여

출항의 아침

모자란 잠을 일으켜 중무장하는 아침

그물 같은 하루 두둑이 배에 실으면

우르르
검붉은 햇살이 물고기를 좇는다

뒤

걸어온 발자국도
벗어놓은 신발도

잠시 눈감은 동안 흔적 없이 지워져

아, 생은 한순간이네 아무 것도 없는 백지였네

불야성

너와 나 거나하게 밤을 마시는 동안

허기진 불빛들은
눈이 멀어져갔어

화려한 성들은 엉겨 뜨겁게 하나 되었어

한로寒露

꼿꼿이 잘 견뎠구나, 그 매운 시집살이

한 시절 아주 잠깐 눈 한번 깜빡할 사이

늦사리 늙은 호박이 키 작은 햇살을 끌고 가네

별들의 저녁

희미한 불빛 일으켜 그녀들이 밥을 먹네

마지막 종착역 같은
요양원 창문 사이로

앙상한
별들이 앉아

소리 없이 밥을 먹네

본질적 진실과 만나는 리듬

김남규(시인)

본질적 진실과 만나는 리듬

김남규(시인)

　지금, 우리 앞에, 단시조집 한 권이 놓여 있다. 복잡다단한 현시대와 복잡미묘한 현대인의 감정을 극히 짧은 3장으로 온전히 담아낼 수 있을까. 단시조를 쓰는 사람과 읽는 사람 역시 의문이 들 것이다. 짧은 시 형식에 대한 가능성 말이다. 그러나 우리는 지금, 단시조의 의의 혹은 필요성이 아니라, 단시조를 단시조이게 하는, 단시조로 리듬을 직조하고 구성할 수밖에 없는 이유가 더 궁금하다. 그것이 이번 윤경희 시집의 독법이 될 것이며 또한 이번 단시조집의 성패가 달린 지점일 것이다. 다시 말해, 압축성 혹은 순간성 따위의 시 이론으로 설명할 수 없는 윤경희 시인의 이번 단시조들은 어떤 힘 또는 미학이 있는가.

가장 먼저, 우리가 이번 단시조집에서 주목해야 할 점은 바로, 초중종장의 문장들이 시 외부와 관련 없이 스스로 존재를 보증한다는 점이다. 각 문장은 서사적 인과관계나 비유적 유사성에 의지하면서 모방하거나 재현된 세계가 아니라 지시세계로서의 세계, 바깥으로서의 세계를 즉자적으로 보여준다. 짧은 단시조이기 때문에 가능한 일일 것이다. 물론, 우리의 삶과 세계는 작품 안에도 있으니, 우리 삶과 세계는 작품으로 드러나기도 하지만, 윤경희 시인이 궁극적으로 제시하고자 하는 우리 삶과 세계는 층위가 다른 삶과 세계이자, 알 수 없는 '존재(있음)'의 웅얼거림이 자리하고 있는 잉여의 세계다. 언어로 포착되지 않으나 언어로 말해야 하며, (잘) 보이지 않는 것이자 아무것도 아닌 것은 아닌 것들의 세계가 바로 이번 윤경희 시집의 시-세계다.

따라서 이 글은 윤경희 시인의 단시조를 따라 읽어가며 의미로 환원하거나 (낱낱이) 해석하기보다는, 단어와 문장을 따라가며 이번 시집에서 그려내고 있는 다양한 세계들이 '어떻게' 단시조의 리듬으로 구성되고 있는지를 주목하고자 한다.

계절의 경계

이번 윤경희 시인의 시조집을 다 읽고 나면, 한 가지 뚜렷한 특징을 발견할 수 있다. 다른 시인들도 예사 그렇지

만, 이번 시집에서는 특히, 계절의 경계에 대한 시인의 예민한 감각을 확인할 수 있다. 주지하다시피, 봄, 여름, 가을, 겨울의 경계는 명확하지 않으며 적당히 분절되지도 않는다. 흔히 말하는 3월, 7월, 9월, 11월 등의 월령으로 4계절의 시작과 끝을 나누기도 마땅치 않다. 더욱이 기후위기로 인해 비정상적인 날씨가 자주 나타나며 봄과 가을 또한 무척 짧아지고 있다. 그러나, 시는 계절을 나누는 동시에 계절의 경계를 분명하게 보여줄 수 있으니, 이제부터 시인을 '계절의 경계를 나누는 자'라고 해도 좋을 것이다.

붕어빵을 굽고 있던 여자가 사라졌다

겨우내 온기 그득한 리어카도 사라졌다

그 길목, 붕어빵 같은 목련이 부풀고 있었다

ㅡ「우수와 춘분 사이」 전문

하필이면
그것도, 법당 앞에 버젓이

그냥 핀 것도 아니고 휘청휘청 만개하여

도톰한 입술 내밀며 스님 무릎 위에 툭,

「쌍계사 홍매화」 전문

　우수와 춘분 사이 그 어디쯤의 모월 모일은 달력에서 숫자로 확인할 수 있으나, 윤경희 시인에게 있어 우수雨水와 춘분春分 사이, 즉 이제 막 겨울이 끝나가면서 봄이 시작되는 경계는 숫자로 나눌 수 있는 것이 아니다. 적어도, 시적 주체에게 있어 봄의 시작은 "붕어빵을 굽고 있던 여자"와 "겨우내 온기 그득한 리어카"가 사라질 때다. 그리고 붕어빵 대신 이제, "붕어빵 같은 목련"이 부풀기 시작하니, 이 시집 유심히 읽은 독자라면, 앞으로 매해 봄마다 목련이 붕어빵으로 보일 수도 있을 것이다. 아니면, 목련을 "한동안 견딜 수 없는 내 눈먼 사랑"(「자목련」)으로 볼 수도 있을 것이다. 마찬가지로, 주체에게 있어 봄은 "도톰한 입술 내밀며 스님 무릎 위에 툭," 떨어진 홍매화로부터 시작된다. "하필이면/ 그것도, 법당 앞에 버젓이" 말이다. 속세의 모든 탐진치貪瞋癡로부터 멀어야 하는 법낭에서 홍매화는 "휘청휘청 만개하여" "도톰한 입술"을 내밀었으니, 봄의 강력한 생명력 앞에서 스님 역시 어찌할 바를 몰랐을 것이다. 그렇게 시인과 우리에게 겨울 지나 봄은, 스님 무릎 위에 떨어진 홍매화나 붕어빵 같은 목련으로부터 온다.

그 붉은 꽃술에 얹힌 하루해는 길었네

늘 곁을 내어주던 노을 속에 기댄 여름

꽃 지듯 엄마는 지고 꽃 피듯 엄마는 오지 않네

– 「사루비아」 전문

이 또한 내게 주어진 작은 고행입니다

수천 번 돌고 돌아온 저 이승의 모서리

숨죽인 가을의 깊이를 온몸으로 떠받듭니다

– 「붉은 잠자리」 전문

"눈물은 허공까지 뚫어 천지가 흔들리는 밤"(「매미」)과 "제방마다 뛰어넘는 아찔한 외줄타기"와 "한바탕 긴 퍼포 먼스"(「태풍」)을 지나면 곧 가을이다. 그러나 여름과 가을 의 경계 역시 모호한데, 이번에 시인은 그 경계로 '사루비 아(샐비어)'를 보여준다. "붉은 꽃술에 얹힌 하루해"는 길 었고 "늘 곁을 내어주던 노을 속에 기댄 여름" 동안 사루비 아는 붉음을 지켜낸다. 그러나 사루비아는 꽃이 피자마자

한 달 내에 진다고 하니, 그때쯤이 시적 주체에게는 가을이 겠다. 왜냐하면, "꽃 지듯 엄마는 지고 꽃 피듯 엄마는 오지 않"았기 때문이다. (문맥상) 주체에게 가을은 꽃 지듯 엄마가 진 계절이기 때문이다. 그렇게 사루비아는 매년 피고 질 것이고, 그때마다 시인과 우리는 '우리의 엄마'를 떠올릴 것이다. 가을도 이와 마찬가지. 시인은 깊어 가는 가을을 '붉은 잠자리'로 보여준다. "수천 번 돌고 돌아온 저 이승의 모서리"에 잠깐 앉아 있는 붉은 잠자리의 '고행'. 그러나 잠자리가 앉은 저 자리는 "숨죽인 가을의 깊이"를 온몸으로 떠받치고 있는 중이라서 결코 가볍게 볼 일이 아니다. 붉은 잠자리 한 마리가 가을의 깊이를 감당하고 있으니, 잠자리도 이승의 모서리도, 그것을 보고 있는 우리도 숨죽일 수밖에. "일곱 칸 그득히 실린 내 사랑도 단풍빛"(「가을역」)도 "차마 밟지 못했다, 한 생의 영혼들"(「부석사 은행나무」)도 깊어 가는 가을을 잘 보여준다. 아무래도 여름과 가을의 경계보다는 깊어 가는 가을의 이미지가 시인을 비롯한 장삼이사張三李四에게 더욱 선명할 것이다.

꿋꿋이 잘 견뎠구나, 그 매운 시집살이

한 시절 아주 잠깐 눈 한번 깜빡할 사이

늦사리 늙은 호박이 키 작은 햇살을 끌고 가네

–「한로寒露」전문

머리카락 풀어헤친 밤의 영혼들이

날 세운 칼바람과 역모를 꾸미는지

맨발로 작두를 타며 서서히 접신 중이다

–「소한小寒」전문

이번에는 가을에서 겨울로 향한다. 24절기 중 '한로'와 '소한'을 제목으로 한 두 작품은 이번 단시조집에서 수작秀作으로 꼽아도 손색없어 보인다. 24절기의 일반적인 풍경이 아닌, 윤경희 시인만의 개성적인 묘사가 돋보인다. "늦사리 늙은 호박"이 "키 작은 햇살을 끌고" 간다는 묘사가 빛나지만, 짧아진 한낮에 보이는 늙은 호박을 "매운 시집살이"를 잘 견뎌온 여성으로, 그리고 "한 시절 아주 잠깐 눈한번 깜빡할 사이"에 늙어버린 여성으로 빗댄 문장 또한 인상적이다. 낮이 점점 짧아지고 기온이 점차 내려가면서 찬 이슬이 맺히는 한로의 분위기를 '늙은 호박' 하나로 예리하게 포착해냈다. 소한 역시 묘사가 날카롭다. 소한의 맹추위와 매서운 칼바람을 '밤의 영혼' 혹은 '귀신'의 이미지로 포착해냈다. 매서운 겨울바람이니 "머리카락 풀어헤친 밤의 영혼"이 날아다닐 것 같고, 밤 중에 창밖으로 들리는 겨울바람 소리에 우리는 "날 세운 칼(바람)"을 들고 "맨발로 작두를 타며 서서히 접신 중"인 '밤의 영혼'을 상상할 수 있다.

이와 같이 윤경희 시인은 계절의 경계 혹은 계절의 변화를 붕어빵 같은 목련, 스님 무릎 위에 떨어진 홍매화, 사루비아, 붉은 잠자리, 늙은 호박, 밤의 영혼 등의 사물 하나로 보여준다. 이는 하나의 사물에서 계절감 혹은 계절의 경계가 촉발되었다고 할 수 있으니, 사물 하나, 단어 하나가 한 계절을, 시조 3장을 가득 채울 수 있는 힘이자 가능성이 되었다. 만약 여기서 하나 이상의 장을 덧붙이는 연시조나 사설시조가 된다면, 사물 또는 단어 하나로 부족했을 것이다. 따라서 우리는 이번 시집에서 군더더기 없이 계절의 경계 혹은 계절감만 충일하게 보여주기 위해 시인이 단시조를 전략적으로 선택했음을 짐작할 수 있다.

환유와 상상

계절의 경계를 보여주는 시편들이 윤경희 시집의 한 영역을 차지하고 있다면, 또 하나의 영역은 바로, 환유의 시 세계다. 은유가 대상을 유사성의 원리로 명명하거나 의미화하면서 의미를 수렴시킨다면, 환유는 대상을 희미한 인접성의 원리로 묘사하고 증식하면서 의미를 발산시킨다.

시인은 동일성의 원리로 사물과 세계를 폭력적으로 환원 시키는 '서정의 권위'(신형철)를 내려놓는 동시에 '서정의 매트릭스'(김수이)에서 탈주를 감행한다. 따라서 시인은 '감정-은유'가 아닌 '감각-환유'로 발을 들이면서 서정의 끓는점을 낮추고 대상과 언어의 물질성 또는 밀도를 강화 한다. 이때 짧디짧은 단시조는 더욱 단단하게 대상과 언어 를 뭉치는데 제격일 것이다.

창 너머 불구덩이 당신을 보내놓고

아무렇지 않게 목구멍에 밥을 넣네

죽음과 삶의 경계가
고작 밥 한술이었네

－「밥」 전문

희미한 불빛 일으켜 그녀들이 밥을 먹네

마지막 종착역 같은
요양원 창문 사이로

앙상한

별들이 앉아

소리 없이 밥을 먹네

　　　　　　　－「별들의 저녁」전문

　이번 윤경희 시집에서 '밥'은 3번 등장하는데, 막노동판의 사내가 가파른 난간을 오르며 "아이들 삼시 세끼 밥은 안 굶겨야지"(「쇠똥구리」)하며 다짐하는 작품 등에서 알 수 있듯이 밥은 생계이자 생명이며 살아있음을 환유한다. "창 너머 불구덩이 당신을 보내놓고" "아무렇지 않게 목구멍에 밥을 넣"으며 주체는 생각한다. 아니, 읊조린다. "죽음과 삶의 경계가/ 고작 밥 한술"이었다는 생각. 늘 같이 먹었던 '밥'을 앞으로도 먹을 수 있는 자生와 먹을 수 없는 자死로 나뉜다. "희미한 불빛 일으켜 그녀들이 밥을 먹"는 일도 마찬가지. 요양원에서 희미한 불빛을 일으키는 그녀들 역시 (안타깝게도) '언젠가' 밥을 못 먹게 될 것이다. 특히, 여기서 요양원 그녀들을 별로 묘사한 부분은 주목할 만한데, 희미한 불빛은 그들의 눈빛일 수도 있고 그들의 생명(력)일 수도 있을 것이다. '밥' 역시 그러하니, 결국 아무렇지 않게 목구멍으로 밥을 '계속' 밀어 넣는 일은 빛을 내는 일이며 살아있음을 스스로 증명하는 일이다.

과식한 책꽂이는 살찐 배를 내밀고

나는 또 야금야금 나무를 갉아먹네

잔인한 벌레가 되어 지구 모서리 갉아먹네

–「잔인한 책」 전문

잊고 지냈다
너를

까맣게
잊고 지냈다

그 여름
먹빛 소나기

천둥 속에
피고 지고

너와 나
주고받던 밀어

달콤하게
익어가던

- 「까마중」 전문

한 편은 '책'에 대한 작품이고 또 다른 한 편은 '까마중'에 대한 작품인데, 두 작품 모두 공간적 인접성에 의해 문장이 전개된다. 시선의 이동에 따라 사생寫生하듯 문장이 이어진다. 지금-여기, 주체의 책꽂이는 "살찐 배를 내밀고" 과식하고 있다. 그리고 책꽂이가 책을 먹듯 주체 역시 나무를 갉아먹고 있다. "잔인한 벌레가 되어 지구 모서리를 갉아먹"는 일이 곧 책을 내는 일 또는 글을 쓰는 일일 것이다. 책꽂이가 책을 먹는다면, 시인은 나무와 지구 모서리를 갉아먹으며 책을 만들어내는 일이라는 사건 묘사는 윤경희 시인의 개성적 시쓰기의 소산일 것이다. '까마중' 역시 그러한데, 까마중이라는 식물 또는 열매를 묘사하는 것처럼 시가 시작되지만, 종국에 까마중은 "너와 나/ 주고받던 밀어"로서 "달콤하게/ 익어가"는 것이다. "까맣게 잊고" 지냈다는 까만색(검은색)과 "먹빛 소나기"의 까만색, "까마중"의 까만색이 인접하게 만나 한 편의 시가 되었다. 더욱이, 시인은 유사한 음가인 "까맣게"와 "까마중"으로 라임까지 맞추면서 인상적인 리듬까지 구현해냈다.

글썽이던 걸음은 이내 역에 닿았다

연분홍빛 엄마는 기차를 따라가고

십리 길
별똥별 속에
나는 홀로 남겨져

- 「아화역」 전문

꽃이 핀 듯 아니 핀 듯 당신 얼굴 같은

봄이 온 듯 아니 온 듯 당신 기척 같은

오늘도 엊그제 같네, 꽃비 내리는 붉은 언덕

- 「아화」 전문

물뱀이 스쳐갔다, 흠뻑 젖은 운동화가

잠시 마르는 동안 감나무도 스러졌다

문패도 없는 하늘가 뭇별들은 흩어지고

손 내밀면 산나리꽃 두런두런 피는데

황소 등에 앉은 저녁 슬렁슬렁 지는데

막차를 타고 온 어둠살 허둥지둥 가는데

- 「아화 3-꿈」 전문

    윤경희 시인은 '아화阿火'[1]와 관련하여 4편의 작품을 시집에서 선보인다. 4편 모두 환유의 방식으로 작품이 구성된 데다가 묘사 역시 주목할 만하다. 4편 모두 시공간적 인접성을 뛰어넘어 아화라는 시공간을 새롭게 구성해낸다. 이는 초감각과 자유연상에 따라 구성된 세계라 할 수 있는데, 인접성의 고리가 약해지면서 환상에 가까워지고 있다. 그곳은 "연분홍빛 엄마"가 기차를 따라가면서 "십리 길/ 별똥별 속에" 홀로 나만 남겨진 곳이며, "꽃이 핀 듯 아니 핀 듯 당신 얼굴 같은" "봄이 온 듯 아니 온 듯 당신 기척 같은" "꽃비"가 내리는 곳이다. 또한 "흠뻑 젖은 운동화가/ 잠시

---

1   경주시에 있는 아화역에 관해 검색해 보았다. 이곳은 지귀 설화의 배경이 되는 곳인데, 말 그대로 불타는 언덕이라는 뜻을 가진 아화阿火라는 명칭이 지명이 되었다. 그리고 아화역은 1918년 중앙선의 배치간이역으로 운영이 개시되었지만, 2008년 중지되었다가 다시 2021년에 간이역으로 운영이 재개되었다고 한다.

마르는 동안" 물뱀도 스쳐가고 감나무도 쓰러지며 "문패도 없는 하늘가 뭇별들이 흩어"진 곳이자, "손 내밀면 산나리꽃 두런두런 피"고 "황소 등에 앉은 저녁 슬렁슬렁" 지며 "막차를 타고 온 어둠살 허둥지둥 가는" 곳이다. 마치 꿈결처럼 말이다. 4편 모두 추상적 관념보다 구체적 이미지가, 의미 지은 의미보다 섬세한 감각이, 일반적 현실보다는 특수한 무의식이 강화되면서 상상력을 극대화하고 있다. 그러나 만약 이와 같은 환유가 단시조가 아닌 2수 이상의 연시조 또는 사설시조로 구성되어야 한다면 어땠을까. 어쩔 수 없이 사설 혹은 각 수가 연결되어야 하니, 인접성의 고리가 보다 단단해지면서 환상으로 나아가기 어려워질 것이다. 따라서, 이번 단시조집에 수록된 '아화'라는 새로운 공간은 윤경희 시인만의 특별한 공간이자 개성적인 공간이 되었음은 두말할 나위가 없을 것이다.

알레고리와 낭만적 이데아

시조는 (이미 무너진 혹은 다시 세울 수 있다고 생각하는) 총체성을 구현하기보다는 파편적, 부분적 현실을 다루기에 보다 적합해 보인다. 역사 또는 총체와 같은 '전체'를 보여주기에 시조는 너무 짧기 때문이다. 따라서 시조는 삶의 비극성과 시대정신을 표출하는 작업에 주력할 수밖에 없다.

자른 뿔이 솟네 자르지 말걸 후회하며

굳이 자르지 않아도 썩어 문드러질 일

까칠한 혓바닥의 돌기 솟았다가 가라앉았다가

- 「지독한 변명」 전문

누군가 겨냥한 총에 까마귀가 죽었다

시끄럽고 거슬리고 눈엣가시였을 소리

지상의 한쪽 모퉁이, 붉은 입이 지워졌다

- 「붉은 입」 전문

우물 속에 드리운 남과 북의 대립처럼

폭풍을 몰고 올 듯 햇살을 데려올 듯

긴장을 늦추지 마라 저 어둠 속의 페르소나

- 「눈빛」 전문

"자른 뿔"이 솟아난다. 잘라내야 한다. "굳이 자르지 않아도 썩어 문드러질 일"이었는데 말이다. '뿔'과 "까칠한 혓바닥의 돌기"는 그렇게 앞으로도 꽤 오랫동안 혹은 끝도 없이 "솟았다가 가라앉았다가"를 반복할 것이다. 여기서 솟아오르는 뿔과 혓바닥 돌기는 '지독한 변명'의 알레고리로, 변명은 그렇게나 지독至毒한 것이다. 변명을 뿔과 돌기의 형상으로 보여주었다. 마찬가지로 "누군가 겨냥한 총"에 까마귀가 죽었다. "시끄럽고 거슬리고 눈엣가시였을 소리"와 "지상의 한쪽 모퉁이"에서 "붉은 입"을 가졌던 까마귀는, 누구를, 현실의 어떤 상황을 비유 또는 폭로하는 것일까. '눈빛'도 그러하다. "우물 속에 드리운 남과 북의 대립처럼" 눈빛은 "폭풍을 몰고 올 듯 햇살도 데려올 듯"하니 "긴장을 늦추지" 말아야 한다. 짐작할 수 없고 가늠할 수 없는 "어둠 속의 페르소나"이기 때문이다. 이와 같이 인용한 3편의 작품 모두 부정적 현실을 환기한다. 그러나 부정적 현실이 문맥 그대로 드러나지 않는다. '번역'이 필요하다. 시인은 자신의 주관적인 세계 해석을 제시하기 위해 특수하고 개별적인 경험과 상상을 재구성하여 작품으로 보여준다. 아니, 보여줄 '뿐'이다.

원망할 시간도 슬퍼할 겨를도 없었지

사라진 길 위에는 낯선 물의 발자국

찢겨진

지상에 남아

홀로 비설거지하는

―「물의 배후」 전문

담금질이면 어때

무두질이면 어때

다 끓고

다 쏟으니

세상이 다시 보이네

반듯한 저녁이 오네 따뜻하게 엉기네

―「두부 한 모」 전문

일반적으로 알레고리에 의해 드러난 시인의 주관 세계
는 종교적 또는 보편적 진리를 전달하거나, 현실을 풍자
(희화) 또는 비판한다. 물론, 이를 사실적으로 진술할 수도
있으나 그것은 시의 리듬에서 멀어지는 일이다. 따라서 시
인은 짧은 단시조의 리듬으로 보편과 진리를 지향하고자

한다. 그런데「물의 배후」는 오히려 초중종장의 선후를 바꿔 읽으면 흥미로워진다. "찢겨진/ 지상에 남아/ 홀로 비설거지하는" 것은 물인가, 아니면 주체인가. 이윽고 "사라진 길 위에는 낯선 물의 발자국"만 있을 뿐, "원망할 시간도 슬퍼할 겨를도 없"다. 비가 오려고 하거나 올 때, 비에 맞으면 안 되는 물건을 치우거나 덮는 일이 '비설거지'인데, 오히려 비가 '찢겨진 지상'에 남아 원망할 시간과 슬퍼할 겨를을 치우는 것 같다.「두부 한 모」역시 선후를 바꿔 읽어보자. "반듯한 저녁"이 오면 "따뜻하게 엉기"는 것이 바로 두부다. "다 끓고/ 다 쏟으니/ 세상이 다시 보이"고, 두부는 결국 "담금질" 또는 "무두질"한 것의 결과물 아닌가. 그렇게 저녁은 담금질이든 무두질이든 간에 따뜻하게 엉기는 존재들이 모여 만드는 것이다. 그것이 바로 세상 아닐까.

　　마침내 달이 죽었다, 소나무 가지 끝에

　　황홀하게 목을 맨 덩그런 달이 죽었다

　　죽어서 환히 보이는
　　지상의 찬란한 암흑

　　　　　　　　　　　　　　　　-「그믐밤」전문

나는 너의 내면을 도무지 읽지 못한다, 문밖에 있는
시간 못내 까마득하여

그림자 속으로 들어가 빈 허공을 지운다

　　　　　　　　　　　　　- 「달의 문」 전문

　이번 작품들의 알레고리는 시인'만'의 주관 세계다. '낭
만적 이데아'를 알레고리한 것처럼 읽히는 두 작품에서 우
리는, 추상적인 세계라 할 수 있으나, 인간 본질의 문제 또
는 진리 문제를 희구하고자 하는 실천으로서의 시쓰기를
읽어낼 수 있다. 두 작품 모두 '달'이라는 상징을 사용했지
만, 숨겨진 뜻을 비유적으로 전달하려는 의도에 따라 상징
보다는 알레고리에 가깝다. 윤경희 시인만의 비유이기 때
문이다. "황홀하게 목을 맨 덩그런 달"이 "소나무 가지 끝
에" '마침내' 죽었다. '마침-내'라는 단어를 통해 알 수 있듯
이, 달은 점점 죽어가고 있었던 것이고, 이제 죽음으로서
죽음을 완결시켰다. 그러나 오히려 "죽어서 환히 보이는"
"지상의 찬란한 암흑"이 있어 '끝내', 의미를 남긴다. 죽음
으로 끝내 의미를 남기는 일. 죽지 않으면 의미가 만들어지
지 않는 일. 혹시, 시인이 도달하고자 하는 이상향은 아닐
까. 그러나 시인은 겸손하다. "너의 내면을 도무지 읽지 못
한다". "문밖에 있는 시간 못내 까마득하"기 때문이다. 물

론, 주체가 문 안에서 문밖에 있는 시간을 보고 있는 것일 수도 있고 아니면, 문밖에서 끝나지 않는 까마득한 시간을 보고 있는 것일 수도 있겠다. 물론, 안팎의 문제는 중요하지 않다. 우리가 집중해야 할 것은 "그림자 속으로 들어가 빈 허공"을 지우는 일이다. 그렇다면 그림자까지 채워야 충만充滿하다는 말인가. 허공을 지운다는 말은 무엇인가. '빈 허공'을 지우려면 무언가를 '가득' 채워야 하는 것은 아닌가. 전자는 채움, 후자는 비움의 문제다. 이는 결국, 삶의 문제 또는 진리의 문제가 아닐까.

이처럼 윤경희 시인은 현실로부터 이념 혹은 관념을 획득하기 위해 사실주의가 아닌 알레고리를 선택한다. 이때 시로 촉발된 사물과 그에 따라 구성된 시-세계는 모두 윤경희 시인만의 리듬이자 낭만적 이데아일 것이다.

요컨대, 윤경희 시인은 하나의 사물과 단어로 계절의 경계를 나누고, 감각-환유의 방식으로 상상력에 근거한 환상 세계를 보여주면서, 삶의 비극성과 시대정신을 표출하는 알레고리를 시집 곳곳에 배치해두었다. 그러나 이때, 윤경희 시인은 우주를 한 면에 담는 거울이 아니라, 개별 삶을 비추는 거울 조각들을 시집 전체에 펼쳐 놓았다. 마치 별빛처럼 말이다. 단시조이기 때문에 가능한 일이고, 단시조가 아니면 할 수 없는 일이다. "시는 아름답고 기억할 만한 리듬의 형식으로 우리가 본질적 진실을 언어화하도록 돕는다"[2]는 디디-위베르만의 말처럼, 아름답고 기억할 만한 단 시조의 리듬으로 우리가 본질적 진실과 만나기를 기대하는 자를 우리는 시인이라 부른다.

2   조르주 디디-위베르만, 이나라 역, 『가스 냄새를 감지하다』, 문학과지성사, 2023, 86쪽.